문학과지성 시인선 472

아이를 낳았지
나 갖고는
부족할까 봐

임승유 시집

문학과지성사

문학과지성사에서 펴낸 임승유의 시집

나는 겨울로 왔고 너는 여름에 있었다(2020)

문학과지성 시인선 472

아이를 낳았지 나 갖고는 부족할까 봐

초판 1쇄 발행 2015년 9월 22일
초판 7쇄 발행 2024년 3월 27일

지 은 이 임승유
펴 낸 이 이광호
펴 낸 곳 ㈜문학과지성사
등록번호 제1993-000098호
주   소 04034 서울 마포구 잔다리로7길 18(서교동 377-20)
전   화 02)338-7224
팩   스 02)323-4180(편집) 02)338-7221(영업)
전자우편 moonji@moonji.com
홈페이지 www.moonji.com

ⓒ 임승유, 2015. Printed in Seoul, Korea

ISBN 978-89-320-2781-4 03810

지은이는 2013년 서울문화재단 예술창작지원사업 기금을 수혜했습니다.

이 도서의 국립중앙도서관 출판예정도서목록(CIP)은 서지정보유통지원시스템 홈페이지
(http://seoji.nl.go.kr)와 국가자료공동목록시스템(http://www.nl.go.kr/kolisnet)에서
이용하실 수 있습니다. (CIP제어번호: CIP2015025344)

문학과지성 시인선 472

아이를 낳았지
나 갖고는 부족할까 봐

임승유

2015

시인의 말

다음엔 내가 너의 아이로 태어날게

2015년 가을
임승유

아이를 낳았지 나 갖고는 부족할까 봐

차례

시인의 말

3부

1부

모자의 효과

친척 집에 다녀와라

가족 중 하나가 그렇게 말해서 여자아이는 집을 나섰다

친척 집에 간다는 건

페도라, 클로슈, 보닛, 그런 모자를 골라 쓰는 일 모자를 쓰고 걸어갈 때 모자 속은 아무도 모르고 모자 속을 생각하면 모자 속이 있는 것만 같다 긁적이며 생쥐가 태어나는 것만 같다 고모와 당고모와 대

고모의 발바닥으로 가득한
　그런 친척 집이 있는 것만 같다

　　아이를 낳았지
　　나 갖고는 부족할까 봐
　　아이와
　　아이와
　　아이를

　모자를 벗으면
　등 뒤로 걸어 나오는 삼촌이 있고

　높은 가지 끝에서 植物의 잠을 자다
　너는 자주 들켰다*

　사촌이 몸 안으로 들어오면 여긴 모르는 곳 구름
과 이불 이불과 구름 잘못된 발음을 할 때처럼 죄책
감이 들어 풀잎과 꽃잎 꽃잎과 풀잎 우린 그만큼 가

까운가요? 풀숲의 기분으로 달려도 도착하게 되지 않는다 모자 속에서는 나쁜 냄새가 나는 것만 같다

짓이겨지는 풀잎과 짓이겨지는 꽃잎 중에 뭐가 더 진할까? 피는 물보다 진할까? 친척이 물 한 컵을 줄 때는 숨을 참으면 된다 맛도 안 나고 냄새도 안 난다

웃는 이가 된다
젖은 웃는 이가 된다

친척 집에 간다는 건
페도라, 클로슈, 보닛, 그런 모자를 골라 쓰는 일 그런 모자 속으로 사라지는 일 모자는 아무것도 모르지만 그건 또 모자만 아는 일

* 이성복, 「핏줄이 번지듯이」 중에서.

어느 육체파 부인의 유언장

모든 육체적·정신적 감각 대신 …… 이 모든 감각의
단순한 소외, 즉 소유라는 감각이 나타났다.
— 칼 마르크스, 「사유재산과 공산주의」 중에서

발목은 허공에게
어떤 밤들은 쿵쾅거리고 어떤 밤들은 이어달리기
를 할 것이다 달려가는 우주에서 누군가는 자주 어
지럽겠지만 한때 나의 소유물이었던 발목에게 가장
어울리는 처분이라 사료됨

동그란 무릎은 계단에게 옥상에게 옥상의 물탱크
에게
차올라 있는 느낌으로 오랫동안 고독

귀는 빗방울에게 둥글게 만지는 날씨에게
뽑아서 던진 눈동자는 까마귀에게 캄캄한 밤하늘
로 날아가 우주가 짓고 있는 마지막 표정인 날씨에게

구릉, 키가 큰 구름, 눈썹, 무덤, 연필, 식탁보, 그리고

　가장 멀리 있던 코는 종려나무에게
　이제 와 고백하자면 나는 자주 규슈의 길가에 서 있었다 17번가 모퉁이 카페 시계는 주로 오후 3시에 멈춰 있다

　발바닥은 길바닥에게 던져주고
　내가 살아서 유일하게 한 질투는 떠나는 자들을 향해 있었지 그런 기분으로 허공에 손바닥을 올려놓는다

　입술은 태양에게
　이후로 토마토는 익어간다 입맞춤 속에서

　손톱은 피아노에게 이 순간에 어울리는 스마일은 필요하고 창문을 타 넘어가는 나의 육체, 안녕

꿈속에 선생님이 나왔어요

*

내가 뭘 하디?

노래를 부르던데요 숟가락으로 푸딩을 떠먹을 때
처럼 아아아 공간이 뚝뚝 선생님의 입속으로 들어갔
어요 문을 열고 문을 열고 지루해서 내가 말했어요

가정방문은 언제 끝나나요?

말은 그렇게 했지만 나팔을 불고 나팔을 불고 선
생님이 지나가는 자리마다 우우우 손뼉을 쳐줬어요
매일매일 초대장을 보냈어요 알죠? 우리들의 사물함
우리들의 침실 우리들의 무덤

무릉도원을 배울 때 우스웠죠 3일 동안 웃고 떠들
다 30년 늙는 거 복도를 걸어갈 때 발자국을 기억하
지 않는 게 중요해요 우리가 부르면 알죠? 늘 그렇

14

듯이 타이밍인 거예요 선생님은 늘 한 박자씩 늦었으니까 선생님만 늙는다고 억울해 마요

*

먼저 잠들어서 네 무릎을 베고 누웠더니 다른 애의 꿈속이야 우린 배꼽이 빠지는 줄도 모르고 웃었어 웃다가 웃다가 왜 웃는지 몰라서 무서웠어 무서워진 마음으로 무서워하는 다른 애를 보는 건 이상했어 의자를 조금 밀었지 의자는 비스듬히 기운 제 그림자를 베고 이런다

자꾸 쳐다보니까 나랑 쟤랑 신나게 놀거든 나팔을 불고 나팔을 불고

고등어 팔아요! 고등어 팔아요! 고등어가 스스로 뼈대를 세우며 스스로 눕는다 세우면서 누우면서 트럭이 가고 있다 잠이 잠을 배반하고 있다

*

아침마다 누가 날 여기 데려다 놓는다 너희들은
다 아는데 만날 나만 모르고 나는 잘 기웃거리는 사
람이다 노래는 못 부르는 사람이다 복도를 걸을 때
는 발걸음을 세보고 내가 걸은 것보다 더 많은 숫자
때문에 손을 놓치게 된다

그러나 나는 설탕은 폭력적인 것이라고 생각한다*

각설탕을 깨물어 먹고 싶었던 적이 있다

손가락에 침을 묻혀가며 읽었던
여자들의 가슴과 사내들의 아랫도리
이건 가학적인 포즈로 읽히기 십상이지

당신에겐 슬리퍼가 필요해요
릴랙스 릴랙스

어제 잡은 물고기, 라테, 빨간색이 사라진
귀여운 당신의 팬티

눈이 내린다
온몸을 던져 만들어내는 흰색들
티스푼으로 몇 날 며칠을 저어도

이상해요
달콤한 당신을 보면

나는 당신의 두 손을 만져보고 싶어져요
혼자 뒤뜰에서 벙그러지는
아름다운 꽃들처럼
속임수는 견딜 수 없게 아름다워요

내 치명적인 약점은 아름다움을 믿지 못한다는 거
예요

에이프런을 두른 소녀가
밤새 당신의 창가에서 성냥을 그어대고 있어요

믿을 수 있겠어요?
당신이 우적우적 깨물어 먹고 있는
불빛 불빛 들

* 롤랑 바르트, 『카메라 루시다』 중에서.

18

할랄푸드를 겪는 골목

빗방울이 된다는 건
목에 걸리는 기다란 손가락이 된다는 건

뭄바이의 구름을 지나
환풍기가 돌아가는 부엌 같은 델 서성이다가
공터에 우루루 몰린 옥수수 이파리에서 미끄럼을
타본다는 거

그러니
누구라도 라디오를 들을 수 있지
그게 아랍 청년이라도
국수 삶는 노파라도
이제 막 문 열고 나가려는 아이라도
이제 막 문을 열었는데 이제 막 도착하는 빗방울
에 대해 빗방울의 온도에 대해

쌀라말레쿰 왈라쿰쌀람 한 번도 상상해보지 않은
그래서 한번 상상해봐야겠다는 생각이 들도록 혀끝

으로 투명한 자음을 굴려보는 거

육수를 낼 때 넣는 고기는?
다음 신청곡은?

국수는 한 가지 감정에 도달한다 시퍼렇게 칼을
빼 들었을 때는 칼을 빼 들었지 달려나갔을 때는 달
려나갔지 저 새끼 죽여버려 했을 때는 이미 죽인 옥
수수와 옥수수와 옥수수들 입속에 주먹을 집어넣고

돌아가는 환풍기
돌아가는 뭄바이

국수를 삶는 노인은 냄비 안의 노인 라디오를 켜
놓은 청년은 라디오 속의 청년 재봉사가 재봉틀을
돌리네 천막 상사로 발바닥이 몰려드네

수막은 옻나무 옻나무는 수막

고수풀은 코리앤더 코리앤더는 고수풀

　우리들의 향신료 되려고 하는 구름들 발음을 하려
고 하면 이빨이 빠지는 옥수수 알 같은 자음들 재봉
사가 담장을 꿰매네 노인이 국수를 삶네 쌀라말레쿰
왈라쿰쌀람

투명한 인사

1

얘기를 다 듣고 일어날 때 함께 앉아 있던 것들이 따라 일어났다 먼 곳에서 온 친척 아저씨 앞이었기 때문이다

아저씨가 먼 곳에서 가져온 건 정말 멀고 먼 이야기였다 멀고 멀어서 오다가 부서지는 이야기였다

다 듣고 일어날 때 너무 먼 곳에서 오고 있는 이야기라 아직 다 도착하지 않았지만 나에게는 중요한 이야기 같아서

아저씨가 사라지기 전에 뒤를 돌아다봐야 했다

2

물 항아리를 들여다본 이후 목덜미를 만지는 버릇
이 생겼다

소리가 넘치면 몸을 끌고 가게 된다 소리는 한 몸
이 다른 몸에게 가 부딪치는 것이라서 몸이 사라지
고 나면 그때서야 입을 벌린다

으아아

잠이 오지 않는 밤 들여다본 내 얼굴 속에 네가 있
었다 왜 네가 거기에 있는지 궁금하지 않아서 의심
이 갔다

으아아

가끔 너의 안부를 물으러 물 항아리 속으로 들어

간다 나는 나로부터 멀어지고 있다

3

송어를 길렀다 식탁보가 사라질까 봐 나도 모르게
식물이 자라는 게 섭섭했다면 옥양목을 펼쳤겠지 아
침 무지개가 뛰어놀게

침묵은 내일을 내일로 돌려보내기 위해 침묵한다
는 걸 무지개송어에게 배웠다 무지개송어를 기르다
보면

그런 날도 왔다 한 달을 내리던 비가 3년을 내리는

4

먼 곳에서 오는 바람이 도착하기엔 마을로 난 길
이 짧다 첫울음을 터뜨린 곳으로 오기 위해 넘은 언
덕과 언덕
언덕을 다 삼키기엔 아저씨의 목구멍은 짧다

헛헛헛 옥양목을 펼치듯 아침을 열고 마당으로 나
서면 첫서리 첫눈 첫 부끄러움

아저씨가 언덕을 넘으며 인사를 몇 번이나 했는지
세어본다 백여든여덟 번, 백여든아홉 번, 아저씨의
목구멍을 따라 출렁출렁 언덕을 넘어가면서 내가 기
억하지 못하는 나를 데려오고 싶어졌다

윤달

손톱을 깎으면 그늘이 밀려와요 자라나는 것들은
그늘을 거느리죠 눈 밑에 손톱 밑에 지구의 허기 밑에
달은 베어 먹기에 좋고 당신 뒤에는 내가 있어요

거기 식물처럼 길어지는 마음을 가진 아가씨 당신
이 무슨 마음을 먹었는지 알아요 당신이 접어서 상
자 속에 넣어둔 일들은 그대로 이루어질 테니

초콜릿케이크를 먹을 때마다 후회했어요 나는 왜
치즈케이크를 먹지 않은 거지 물이 없었다면

바다가 없었다면 염소가 없었다면 공장장이 없었
다면 아버지나 디제이가 없었다면

당신에 대해 뒤에서 말할 때 양팔이 생겨나요 숲
에서 바람이 불어올 때는 숲 전체가 이동하는 중이
죠 식물들의 발바닥이 찍히고 있는 중이죠 당신은
저만큼 가고 있고 케이크를 떠먹을 때마다 달콤한

스푼은 밀려오고

그러니 아가씨여

마음에 품고 있는 걸 말하지 마요 그대로 다 이루
어질 테니

파수

지붕이 없어서 지붕 위를 걷는다

지붕은 드러눕기 좋고
두 손을 모으기 좋고
지붕에서 떨어져 죽었다는 얘기는 들어본 적 없
어서

거꾸로 쥐고 흔든다
오늘 밤이 텅 빈 자루가 될 때까지

개들이 몰려와 짖으면
어둠 속에서 정강이뼈를 꺼내 던져주었다

두 갈래로 갈라지는 길에서는

갈라진 부위에 뭐라도 덮어놓고 이제 멀리 가는
일만 남았을 때 헝겊에 쓸리는 목책 너머의 고요 한
발의 총성이 부족하다 까맣게 새들이 날아오른다 날

아오르지 못한다 누구의 잠 속으로도 들어가지 못했
으므로

　난간이다 난간은 멀고

　난간에서 손을 놓아서는 안 되니까
　잡아당긴다

　두 발 달린 짐승들이 절룩이며 끌고 가는 악몽을

구조와 성질

창문을 그리고
그 앞에
잎이 무성한 나무를 그렸다

안에 있는 사람을 지켜주려고

어느 날은

나뭇가지를 옆으로 치우고
창문을 그렸다

한 손에
돌멩이를 쥐고

미니멀리즘

방바닥에 초록 잠이 가로세로 펼쳐져 있는 게 보이니?

자고 일어나서 잔 적이 없다고 하는 너에게 잠을 배달해주고 싶어
공업사에 전화를 걸었어

초록 컬러 필드로 해주시고요 갑자기 쏟아지는 소나기는 말고요 비집고 들어오는 노란빛은 없애주시고요 플랫하게 해주세요 플랫슈즈를 신은 소녀가 플랫, 플랫, 걸어오는 소리를 들을 수 있게 말랑말랑 폭신폭신 꽃잎도 그렇게 피어나게 바람도 그렇게 불어오게 지난밤 너무 많았던 나는 없었던 걸로 지워주시고요

패턴과 패턴 사이를 가볍게 건너가는 거야 뒤돌아보기는 없는 거고 뒤돌아보지 않는 게 이곳의 룰이라는 건 너나 나나 잊지 말기로 하고

우산

오늘의 날씨에 안감을 대고
단추를 만지작거리지
단추는 구멍이 하나
단추는 구멍이 두 개
구멍이 네 개일 때는 외로움도 어려워져

글라디올러스
아스파라거스
발음을 하는 동안에도 자라는 이름을 지어주면
기분이 나아질 거야

사탕을 녹여 먹고

오늘의 날씨에 안감을 대면
앞다투어 아이들이 뛰어오고
뛰어오면서 녹는다
키스처럼

신발을 어디서 벗었는지 기억하지 않기로 하자

망고를 먹으면
망고의 기억을 갖게 되지
서로의 기억 속에 이빨을 박고
서로의 이빨을 빛나게 닦아주면서

16년

내가 먼저 도착한다

소년은 태양을 잡아당겨 시동을 걸고
교차로는 늘 피에 젖어 있다 나는 교차로에 서 있
고 사방에서 부르는 소리가 들린다

세상의 모든 길들을 잡아당겨 속도를 감아올리는
소년이 있고
오토바이에 뒤꿈치를 갈아버린 내가 있다 부엌에
서 아주머니가 수백 장의 김을 굽는 동안 전집의 날
들이 이어지는 동안 엉겅퀴를 풀어 목도리를 뜨고
있는 동안

아코디언을 연주하듯
몇 개의 계절을 죽 잡아당겼다가 접으면 여름이
오고
내가 모르는 마을에서는 소년이 자라고 있다 태양
을 씹어 먹느라 이는 푸르게 물들고

심장은 착실하게 여물어가고 있다

골목 끝에는 시간을 갈아 만든 주스를 파는 가게
가 있고

나는 만다린주스를 휘젓는다 쌍떡잎식물을 지나
고 있는 쥐손이풀목을 지나고 있는 운향과 소년을
빨아 마신다 길이 우그러지면서 만다린계 귤의 총칭
처럼 소년은 웃는다

2부

오래 사귀었으니까요

귀의 생김새라든가 배고플 때의 표정이라든가 주로 오후 3시에 연락을 해온다든가 그런 식의 말이라면 내일 아침까지도 할 수 있는데

아침에 일어나보니 사라졌다면 씻어서 엎어놓은 머그잔에서 코끼리 한 마리가 빠져나갔다면 발자국이 어느 쪽으로 났는지 찾아낼 수 없다면

다시 시작하기 위해 뜨개질을 할까요 후추나무는 이제 건드리기만 하면 된다는 식으로 서 있고 바람은 결심을 할까요 구름은 실족할까요 의자가 주춤 손가락이 주춤 이러다 탭댄스라도 추겠어요 주춤주춤 대문을 넘어선 오후 3시가 두 귀로 쏟아지고 있는데

나는 언제 사라진 걸까요

우리 약국 갈까

소풍이라도 가자는 것처럼 말하니까

호루라기가 생각났다 호루라기를 부니까 노을이
번지기 시작했다 피가 돌기 시작했다 손끝까지 가서
불끈 쥔 주먹이 될 거야 숨이 턱까지 차오를 거야 핀
셋으로 아스파라거스를 뽑아냈다 목에 걸린 달리아
가 호루라기는 고여 있다고 말한다 하늘이 텅 비었
다고 말한다

지렁이도 질병사를 할까 귀뚜라미는 구름은
더 작아지고 싶다면 약국에 가는 거다 약국은 알
약들의 세계 분말들의 세계 목구멍의 세계

의자처럼 창백하다는 건 뭘까

에 대답하기 위해 우린 약국에 가고 있었던 거잖아

오렌지가 먹고 싶었다면 소풍을 가자고 하지 그랬

니 대관람차를 탄 것처럼 피로하구나 오렌지가 먹고
싶었다면 오늘 아침의 신발 정리와 수첩과 물병을
다 합쳐 오렌지가 먹고 싶었다면

　우리 소풍 갈까
　그렇게 말하지 그랬니

밖에다 화초를 내놓고 기르는 여자들은
안에선 무얼 기르는 걸까?

어제 잠 속으로 들어간 소년은 오늘 나오지 않았
는데
불이 났다고 해
하루에 한 번 물 주는 여자들은 마을을 다 돌면서
하루에 한 번 물을 주고
바람은
언덕은
던져주고 있다
더 타야 할 것들이 있다면서

"나이 든 여자가 옆에 있으면
엄마, 나는 엄마가 그립고 무섭고 무조건 미안해
요"

애원…… 원망…… 증오…… 달빛은 그렇게 부드
럽다는데 밤새 회초리를 맞은 것처럼 따갑고 잘못했
어요 잘못했어요 붙들고 매달리며 달의 몸속을 헤집
고 들어서면 소년은 늘어나는 팔다리를 가졌다

육신의 발달은 잠 속에서 그늘을 도왔다 며칠 등을 돌린 후에 돌아다보면 애원의 형태는 더욱 견고해져 있었다 우주는 막다른 골목이라서 호두 껍데기를 까고 있는 것처럼 쓸쓸했다

도망치지 그랬니?
사람들이 물었을 때
소년은 안쪽으로만 자라는 등에서 피리를 꺼냈다 살의는 급소를 지나면서 음악이 되었다 뿌려놓은 소금처럼 하얗게 빛나는 음악으로 떠돌다가
소년은 정시에 도착했다 예전처럼 웃으며
너는 죽기로 하지 않았니?
소년을 끌어내려 하자
이불 밖으로 발이 먼저 나와 있었다 발은 가장 멀리 있어서 나중에야 온도를 기억해냈다

여자들은 몰려와 발치에 불꽃을 던져주었다

소년을 두 번 만났다

문장 속에서 살해당하지 않으려면 내가 먼저 다음과 같은 문장을 시작해야 한다

나는 소년을 두 번 만났다

한 번은
"거리에서 한 여자가 스쳐간다
불현듯 아주 낯익은, 뒤돌아본다"*
와 같은 식이었다

선유도, 김유정 생가, 땅끝마을 전망대, 대흥사,

또 한 번은
"나는 리마 거리에서 한 번 니렌스타인과 마주쳤지만 우리는 서로 보지 못한 것처럼 지나갔다"**
와 같은 식이었다

아이러니, Your Song, 완전한 세상, 은하철도의

밤, ~~Cat's Diary~~, 일요일 아침,

솔기를 만지작거리는 마음으로 여름이 닳고 있다
구름 끝에 앉은 소년의 목이 대롱거린다 두 눈 가득
허공을 겪는다

오늘까지만 살려두자
이건 오늘까지 하는 다짐

"그녀는 이런 자신의 희망이 부질없는 것이라는
사실을 깨달았다 왜냐하면 아버지의 죽음은 그녀가
살아오는 동안 일어났던 단 한 번의 커다란 사건이
었고, 또한 그것은 계속해서 한없이 일어날 것이기
때문이었다"***

* 배용제, 「그녀」 중에서.
** 호르헤 루이스 보르헤스, 「의회」 중에서.
*** 호르헤 루이스 보르헤스, 「엠마 순스」 중에서.

나무가 하는 일

가겠다는 사람을 보내고 난 아침에는 손을 어디에
둬야 하는지 몰라서 손은 모르겠다는 자세로

　더 많이 위로하기 위해서라면
　위로 더 위로

예감은 미래를 껴안은 지금의 통증이라서 미리 아
프고 결국은 아팠으니
　감각을 나눌 수 있는 만큼은 나누고

흐르는 혈액을 투명하다고 우기고 조금씩 없어지
는 쪽으로 바람의 날개를 뒤적이다 손바닥에 묻어나
는 흰색 가루에 놀라게 되면 희망 때문에 점점 나빠
지고 있구나 환기하는 쪽으로

　의자의 의지에 가까워지는 사람을 보다가
　위의 더 위의
　의자에 앉아

가장 먼저 예감한 손이
가장 늦게까지 남아 있는 사람의 어깨를 건드리는
모양으로 그랬는데

흔들렸다
아예 흔들렸다

아흔아홉 개의 계단을 올라가 줄을 흔드는 종지기
처럼
종지기를 따라 내려온 아흔아홉 개의 계단처럼

아래로 더 아래로

무성해지면 그늘이구나 흔들리려고 흔드는 세상
의 모든 그늘은 그렇게 그늘이구나

가장 멀리 보낸 손의 의지로 하는 일이라 관여할

수 없는 나는 거기 남겨놓고

나무는 천천히 걸어 나왔다

아래로 더 아래로

건강하고 안전한 생활

춥다고 옷을 많이 껴입는 네가 나랑 하겠다고 옷
을 벗는다

뜬눈으로

여름에 불어났다가 가을에 빠지는 개천이랑도
그렇게 했다

아버지는 집에 오다가 엄마랑 닮은 여자와 했다

구름과도 하고 빈집과도 했다 맞아 죽는 개도 있
었고 불쑥불쑥 자라는 애들도 있었다

문 열어놓고 하는 집을 지날 때

국수나무는 가지 끝이 밑으로 처지며 줄기가 뿌리
부근에서 많이 나와 덤불을 이룬다* 걸쳐진 발목은
문지방을 넘고 또 넘는다 지속되는 몸을 다 통과한

다 여기저기 굴러다니는 허물은 좋았다 최고로 기분
좋게 해주는 사람과는

　엄마처럼도 하고 엄마랑 닮은 여자처럼도 하고

　개 패듯 패던 마을 사람들이

　개천에 모여 살과 살을 섞어 끓이면 후후 불어가
며 천천히 먹었다 아이들이 먹고 가면 노인들이 먹
고 가고

　돌멩이처럼 쪼그리고 앉아 지붕을 적시면 달이 몰
려와 둥글고 어두운 망을 보았다

　다하고 났을 때

　구름도 지나가고 아버지도 지나갔다

* 산림청, 『우리 산에서 만나는 나무와 풀』 중에서.

하고 난 뒤의 산책

너는 거기에 가자고 한다

거기라면 수령이 백 년도 더 되는 나무가 있다는
곳 손바닥만 한 잎사귀들이 손바닥만 한 하늘을 가
린다는 곳 보이지 않는 너를 찾아 백 년도 넘게 뛰어
다닌 적이 있다

울고 있을 거란 예상과는 달리 너는 뭔가 투명하
고 징그러운 걸 만지고 있었다 생태 학습장 앞에서

너는 물갈퀴니
웅덩이보다 깊은 웅덩이니

웅덩이는 웅덩이 바깥으로 걸어 나왔다 흘러내리
고 남은 게 우리라서 우린 조금 부족했다 물어보고
싶은 게 있었는데

자면서 하는 질문에 대답하고 나면 영원히 자게

될지도 몰라

그곳으로 가는 길가의 나뭇가지를 잡았다가 놓았다

미끄럼틀

아는 사람과 숲에 갔다 후두둑

숲에 비가 오면

숲에 들어간 동식물들은 숲에 있거나 숲에서 나오
거나 한다 걸어서 나오거나 뛰어서 나오거나 한다

둘이서 들어갔다가 혼자서 나오기도 하는데

돌아보면 어깨가 없었다

볼일

타일 바닥을 기어가는

작고 까만 그것을 보며 오줌을 누고 있었다 남은 물기를 닦은 후에는 움켜쥐어야겠다고

생각하는 내 생각을 기어가면서 그것은 꿈틀거렸다 내 생각만으로도 그것은 숨이 차고

나만 알고 지내던 사람을 나만 모르면서 지내겠다는 다짐을 하며 집으로 걸어온 다음이었다

잎사귀처럼 쪼그리고 앉아

닦을 게 없어질 때까지 닦는 기분이 되었을 때 작고 까맣게 움직이던 그것은

어디로 가고 없었다

끝을 보지 않아도 되었다

달

창밖에 앉아 있는 여자가 손가락을 머리카락 속에 집어넣고 빗기 시작했다 어쩌면 영원히 끝나지 않을지도 모른다 내가 일어날 때

오늘 밤의 이야기는 여자의 손끝에서 시작된다

뒷문을 열고 나가면 점집이 나오고
장미 점을 치는 노파여 죄를 고백하면 죄가 만들어지나 꽃잎이 한 장 두 장 피어나나 두더지처럼 혀를 내밀고 달려야 하나 나는 매일 밤 하나의 죄를 짓고 그 죄를 감추기 위해 또 죄를 짓고 너는 왜 자꾸 나를 용서하는 거니?

노파는 침대에서 막 일어나는 중이다 어쩌면 영원히 일어나지 못할지도 모른다 장미는 한 장 두 장 피어나는 게 아니다 장미는 처음부터 다 피었다

죽은 새끼를 물고 밤새도록 이동하는 짐승처럼

노파가 나를 물고 가고 있다 오늘 밤의 이야기는
장미가 담장을 다 덮을 때까지 계속된다 장미는 담
장이 짓고 있는 죄다 아랫입술을 물고 구름이 지나
가면 제 발목을 잡으며 바람이 지나가면 결국

　나는 도착하게 되나 천년을 달려온 짐승처럼 죽음
같은 잠을 잘 수 있게 되나

책상

엎드렸다 일어나면 온도가 심어진다 체온을 나누다 헤어진 너희를 뭐라고 불러야 할까

애들아,

부르면 한꺼번에 달려오겠지만
여기서만 애들인 애들아
앉아만 있던 테두리가 피부가 된 애들아

이번 시간에는 줄을 맞추자 우리가 가장 잘하는 걸 하자
나는 좌석표를 만들게 아직 못 온 애

빈칸은 너야

잘 우는 애
칼자국을 내는 애
꽃을 사러 갔다가 꽃이 되어 돌아온 애

빨갛고 노란 미열이 생긴다

엎드렸다 일어나면 꽃집 앞에서 서성이는 기분이
들고
알맞은 온도란 이런 것일까

흘러내린 얼굴을 주워 담듯 계속해서 아이들이 태
어난다

빈칸을 다 채웠는데도
아직 다 오지 못한 애들이 있다

치마

태풍 망온이 오는 동안
마을에서는 궁금한 일들이 일어나려고 한다
잎사귀들은 달려 나가려고 한다
태풍 망온이 오는 동안
노란 티셔츠를 입은 소녀가 서 있다
남의 집 대문 앞에서 꽃잎을 밟아버린 적이 있고
여의사가 있는 병원 앞에서 휘파람을 분 적이 있고
말을 아끼는 습관이 있다
태풍 망온이 먼 곳의 이야기를 가지고 오는 동안
소녀한테서는 짓무른 과일 향이 풍길 것 같고
뭔가 할 말이 생각날 것도 같다
바람은 친절해서 이를 닦아주며 지나가고
소녀는 살짝살짝 뒤집힌다

16일에 태어나는 아이들은 착하고 상냥할 거야
그다음 날 태어나는 아이들은 배신자가 될 거야

태풍 망온이 가져온 이야기를 숲 속에 풀어놓으면

잎새들 한꺼번에 입을 벌려 떠드는 이야기

옆집 아저씨는 맞아 죽었고요
나는 새점을 치고 있었대요

태풍 망온이 오는 동안
병원 화단에서 자라는 화초들처럼 소녀는 어지럽고
빼빼 마른 다리 사이에서
분홍 접시꽃이
하얀 접시꽃이
빨간 접시꽃이
여의사가 스위치를 올리기라도 한 것처럼 피어난다
태풍 망온이 오는 동안
꽃잎은 함부로 말하고 함부로 울려고 한다
소녀는 돌멩이를 움켜쥐고 서 있다

연습

여름이 한없이 길어져서

베이지 블라우스에 검정 스커트
크림 블라우스에 검정 스커트
네이비 블라우스에 검정 스커트

사람들이 지나가며 손을 흔든다

나는 사탕을 생각하고

모두들 달라붙어서 열심히 굴리면 지구였듯이

머리를 감싸 쥔 양손에서
끈적하고 달콤하게 사탕이 만들어졌다

새를 감추고 있다고 믿으면서
난간은 난간을 떨어뜨리고

여자들과 여자들이 블라우스만 입고 돌아다닌다
면 얼마나 싱그러운 아이들이 태어나겠니?

발꿈치를 들고 있다가
발 빠른 아이가 와서 툭 치면 굉장한 광장이 되고
싶어

탕탕탕

사탕은 하나둘 쓰러지면서 사탕이 되고

새들이 날아오른다면서
숲은 숲에다 불을 질렀다

3부

블라우스

자음이 모음을 향하는 기분을 이해할 겁니다 되려고 하는 기분일 테니, 건드리고 나란해지는 리을과 리을

평일에 만났습니다 인사하면서 헤어지고 헤어지면서 인사하는 평일은 만나기 좋은 날일까 그런 생각을 한 번도 해보지 않았다는 게 이상했습니다 생각보다 갈 데가 없어서

비누 거품을 불고 싶어집니다

산을 오른다는 말에서는 건강함의 뉘앙스가 풍기지 않니? 네가 말해서 우린 그렇게 했습니다 하고 나서 쓰는 거 말고 쓰면서 할 겁니다 태피스트리에서 달리는 사슴입니다 상상력으로 버티는 뿔입니다

샛길로 난 단추를 끄르기 시작했습니다 얼굴 긁히면서 내가 말했습니다 아무 데도 가지 않는 우리가

되자

왜 그렇게 말하지? 그렇게 말하지 않는 사람이라
같이 했습니다 블라우스를 가장 감각적으로 떠올리
는 방법에 대해 하나씩 말하기

잎맥을 다 만지려면
갔다가 다시 와야 했지만 블라우스감으로는 포플린
질기게 얽히는 감이지만 부드러워집니다
위험한 자음이 되려는 겁니다

겹침과 겹침
그런 내막으로도 둘이라서
내리막길입니다

산을 오른다는 말에는 내려온다는 말이 포함되어
있지 않습니까? 우린 그렇게 했습니다

68

우스워?

우스운 기분이었습니다

계속 웃어라

팬티를 뒤집어 입고 출근한 날
너는 왜 자꾸 웃는 거니
공장장이 한 말이다
귤처럼 노란 웃음을 까서 뒤집으면 하얗게 들킬
것 같아
오늘은 애인이 없는 게 참 다행이고

너는 왜 자꾸 웃는 거니
공장장은 그렇게 말하지만 예쁜 팬티를 만들어줄
지도 모른다 나는 팬티 같은 건 수북하게 쌓아놓고
오늘은 꽃무늬 내일은 표범 무늬
어제는 나비를 거느리고 다녔다 결심을 유보하느
라 계속해서 뻗어나가고 있는 넝쿨식물처럼

내가 딴 생각에 빠지면
손목이 가느란 것들은 믿을 수가 없어 공장장은
중얼거린다

나에겐 아직 애인이 없고
공장장과 함께 밥을 먹는다

팬티 속을 만지면 울어본 적 없는 울음 설명할 수
없는 오후
번지듯 피어나는 꽃잎을 물고 나비는 날아가버리고

그걸 알아봐준다면 좋겠는데

다른 사람들은
웃지 않고 어떻게 마주 앉을 수 있는 걸까

애인은 어떤 식으로 생기는 걸까

주유소의 형식

나는 네모의 형식
팔다리를 접어 울음을 가두고 길가에 앉아 있다
누군가 지나다가 툭, 친다 해도 괜찮아
그건 내가 가진 가장 좋은 점

사람들이 가벼워진 연료통을 끌고 와 줄을 섰다
견고한 내 옆구리에 구멍을 뚫어
싱싱한 울음을 채운 사람들이
끌고 온 길을 접으며 달려 나갔다
말하자면 나는 바깥에서부터 흩어지고 있었는데

막 횡단보도를 건너고 있던 여자의 손가락 사이로
울음이 삐져나오고 있다
멀리 보냈던 울음들이 활활 타오르며 옆구리에 달
라붙고 있다
내부를 향해 몰려드는 바깥들

우린 언젠가 같은 종류의 울음을 나눠 가진 적이

있고
    출렁이는 울음을 만지작거리며
    달릴 수 있는 만큼 달렸다
    갈 데까지 가서
    울음은 바닥이 나고
    털썩 주저앉았다
    그럴 때 우리는

    길가에 웅크려 앉은 자세

라이터들은 다 어디로 갔을까

라이터를 살 때마다
어딘가에 두고 온 내가 생각났다

나는 화요일마다 같은 장소에 있었는데
에스컬레이터는 기억을 감쪽같이 감아버리고
에스컬레이터의 내면에는 서랍이 얼마나 많을까

나는 목요일의 술자리에서 속삭였지
싱고늄 종아리가 하얗게 얼고 있는 걸
본 적이 있냐고
누군가를 부둥켜안고 싶은 적이 없었냐고
의도하지 않았는데도 사건은 일어나고
그때마다 발생하는 기분들
그 기분들을 다 써먹지도 못했는데

누군가는 결정적으로 신문을 장식하고
꼬리에 꼬리를 무는 관심과 함께
서랍 속으로 사라졌다

탁자의 단순한 힘에 기대어
나는 사라진 라이터들과 한통속이다
당신의 목덜미에 손을 얹고
무슨 말이든 하기 위해서는
당신이 주머니에 넣어 간 그 기분이 필요하고

당신의 얼굴을 돌려세우려면
양손의 의지보다 확실한
몇 분 전의 느낌들이 필요한데
입술이 끌어모으는 결심은 너무 늦거나 빨라

화요일의 에스컬레이터를 오를 때마다
칸칸마다 서랍을 열고
잘 있었니?
안부를 물어야 할 것 같고

스피어민트

송곳니가 녹고 있다 나는 두 개가 모자라지 두 개
가 부족하다는 건 오후에 좌석 버스를 타고 이웃 도
시로 나가는 것과 비슷해 앞자리의 노인이 힐끔거리
지만 들키지 않을 것이다

누군가 원피스 입는 걸 도와준다면 키스를 하겠네
나는 두 손을 가진 사람이면 키스를 하겠네

몰래 손톱이 자라고 있어서 새들이 날아올랐다

아무도 두 손을 보여주지 않는 세계에서 오늘의
공기오염지수가 궁금하고 생겨나지 않은 두 개를 걸
고 말하자면

임박한 파국에 관하여
아르헨티나에 가본 적 없다

계단을 올라가기만 하면 짐을 풀게 되는 철공소와

독서실과 작은 공원이 있는 거리에서 바람은 소식을
전하자마자 잠들었다 구름은 무릎을 폈다 창문은 나
중에 다 말해주겠다고 했다

  누가 침을 뱉지 않았나요 맹세처럼 송곳니를 삼켰
나요 여관은 발자국의 세계 전속력으로 달려가지 않
기 위해 발자국의 세계

  사탕수수밭에 가본 적 없다

장소의 발생

노파가 담배 한 모금을 빨아들일 때
움푹하게 들어가는
허벅지에 감기는 치맛단의 기분으로
종종종
소녀들이 모여드는

녹는 게 겁나서 빨아 먹지 못하는 사탕
아는 사람이 누워 있을까 열지 못하는 방
이불은 내다 널면 되겠지만
지나가는 사람들이 다 아는 냄새면 어떡하지

망보는 벽을 세우고 더 들어가면 여긴 구멍 들어
가본 적 없어 나오는 방법을 모르는 백 년 동안의 소
용돌이 단 하나의 점을 향해 휘몰아치는 정신을 쏙
빼놓으며 튀어나오는 쥐가 있고 꼬리를 잘라도 계속
되는 몸 끝나지 않는 종아리 한 번도 멈춘 적 없는
머리카락 줄지 않는 피부 한 번은 다르게 살 수도 있
다는 걸 증명하기 위해

혼자서 들어갔다가 여럿이 되어 나온다

더 잘 사랑하기 위해서라면 그렇게 많은 몸이 왜 필요해 손등에 종아리에 불을 놓아 태우고 까맣게 모여 있는 그림자들

손을 맞바꾸는 악수처럼

벗었다는 기분 느낀 적 없는데도 다 갈아입고 나오는

골목 입구에 앉은 노파가 담배 연기를 내뿜을 때

어쩐지 늙어서 나오는

소녀들이 있다

묻지 마 장미

나는 달린다
넘어질 수도 없을 때
담장은 막아서면서 일으켜 세우는 알리바이다

한 번도 쉬지 않고 늙어가는 지구에서라면
언제든 손바닥을 펼칠 수 있지 고개를 박고 나한
테서 나는 냄새를 내가 맡는 날엔 태어나던 날의 비
명을 뒤집어쓴다

누군가 빠져나갔다면
안에서는 제 몸을 힘껏 들었다가 놓는 이가 있었
다는 건데

찌르는 힘으로
거의 뾰족해져서 일어날 때
손바닥을 떼기도 전에 먼저 달려 나가는 담장

나보다 먼저 일어나지 말라고 했잖아!

80

신발을 구겨 신고 따라 나갔던 날엔 뒤꿈치가 빠졌다 잡아당기는 그림자가 없었다면 더 빨리 달렸을 거다 뺨으로 뺨을 때리는 잎사귀 입술로 입술을 틀어막는 꽃잎

　여름으로 끓어 넘치는 여름을 다 달렸는데도 담장을 벗어나지 못하고

　나를 앞지른 그림자가 나를 막아설 때
　아무도 내 이름을 묻지 않는다

　비명이 어깨를 짚고 서 있다

생물이라면

자꾸만 졸렸어
이해할 수 없는 것들은 앵두를 먹어도 줄어들지
않아
앵두가 키우고 있는 벌레처럼 내가 필사적으로 조
용히 자랄 때
생물이라면 모름지기 나무처럼
당신은 무엇을 했습니까

앵두를 먹었지

앵두나무는 앵두를 배고 어지러웠을까 혼자서 집
중해야 하는 저녁이 싫어 목을 맸을까 꽃들이 하얗
게 질려 있는 혀끝에서

염소는 새끼를 배고 새끼를 낳고 맴을 돌았다 새
끼 염소는 배 속에서 빠져나올 때 엄마 얼굴을 쳐다
봤을까

모든 아이가 다 잘 자라는 것은 아니다
염소라도 어쩔 수 없는 거니까

엄마는 염소를 끌고 집으로 돌아오는 아이였다 나
는 어쩐지 그걸 알고 있다

떨어진 앵두들아
기껏 가지를 끌고 돌아가는 뒤통수들아

자라나면서 휘어지는 뿔에게도
방향이 있는 거라면
눈 뜨지 못하는 눈 속을 뒤적여 불빛을 꺼내놓겠다

아포가토

스푼으로 저었지 고요는 손에 손을 잡고 퍼져나갔다 어떤 이름들은 멀어서 가만히 테두리를 문지르고 있어야 했다

봄, 번지는 풀밭
여름, 무섭게 번지는 풀밭

지호야 두연아 기선아

풀밭에 불을 지르고 여러 가지 소리를 가진다 인사를 잘할 필요는 없어 1초와 1분 하루가 뭐가 다를까 이 느낌이 완전히 없어질 때까지 남은 시간 말이야 아이들을 부르다가 폐교가 된다 안전한 이야기만 하다가 어디로 갔는지 모르게 된다

국경을 넘으면 온도가 급격히 내려간다 우우우 아이들의 시체가 뒹구는 타버린 풀밭은 뭐라고 하나 내 손으로 내 얼굴을 만지는데도 언덕을 지나고 마

을을 지난다 훌라후프를 돌리며 아이들이 쏟아져 나
온다 마을이 텅텅 빈다

　온통 고요였지만 한꺼번에 아이들이 타 넘고 있으
므로 국경이 한 뼘 뒤로 물러난다

적용되는 포도

반성문을 자진해서 쓰고 또 써도 결국은 저지를
수밖에 없었던 너를 심하게 다룬 거 미안해

내일이 되면 좀더 개선된 반성문을 제출하겠지만
너는 어제의 나라서 우리의 반성문은 나보다 조금
용감한 화자의 것일 뿐

귀가하는 또래들의 어깨를 건드리고 도망치는 아
이의 쓸쓸한 종아리에서 벗어나지 못한다

띄어쓰기를 하기 어려운 말들에게 제자리를 찾아
줄 방법에 대해 이야기를 나눌 때나

서로 조금씩은 다른 이파리의 색을 초록이라고 뭉
뚱그려 말할 때의 이상한 기분을 나눠 가질 때는

너와 나
둘이서 충분했지

이젠 집으로 돌아가 일렬로 늘어선 무릎이 싫증나서 그랬다고 뉘우치면 너는 동그란 무릎이 되고 이제 행복하게 모인 식구들이 용서하겠다고 머리를 쓰다듬는다 끄덕이며 포도를 먹다가

중요한 걸 나무 아래 놓고 와서 깜짝 놀라고
한 번 더 얼굴을 보려고 밤마다 뒤통수를 버리는 밤은 괜찮니?

한 번도 빼먹지 않고 시작되는 아침에 너와 나의 반성문은 다 읽히고 너는 너를 용서하고 나는 나를 용서하고 우리를 용서한 사람들을 용서하기 시작하면서 왜 잘못을 저질렀는지 다 잊고 나면 포도를 껍질째 먹을 때와 알맹이만 빼 먹을 때 어느 게 더 안전하지? 그런 질문에 답해야 하는 순간이 오고

미래를 끌어다 쓰기 위해 약속을 하고 우리는 미래보다 먼저 망가질지도 모른다

원피스

아침에 집을 나서면 꿈속에서 나오는 것 같다

낮에 돌아다니다가 밤에도 돌아다니면 다리가 아
프고 꽃잎을 만지던 손으로 눈을 만지면 따갑다

저 계집애를 잡으라는 소리에 벌떡 일어나면

물방울무늬 원피스 하나만 필요해

애인은 만져줄 거야 친구는 안 만져줄 거야 슬픈
사람은 원피스를 안 볼 거야 그런데도 자꾸 원피스
를 입고 서 있으면

사람들이 돌멩이를 들고 쫓아올 거야

여긴
꿈속이라 괜찮아

맞아도 괜찮아

나는 원피스를 좋아하는데
한 계절에 원피스 하나를 살 수 있는 삶이 이렇게
좋은데

사슴은 다리가 네 개고 신발장엔 신발이 들어 있
고 원피스를 입었구나 내일도 그렇게 와줄래?

바람은 그렇게 속삭이면 안 되는 바람인데

원피스와 원피스와 원피스를 입고 있으면 끝도 없
이 동그라미를 그리는 것 같다 꿈에 동그란 방이 생
기는 것 같다 몇 개의 방을 지나다 보면

여기가 어딘지 모르게 되고
휘파람 소리가 들리면 눈을 떠야 하는데

눈은 어떻게 뜨는 건지 기억이 나지 않았다

포스트잇

문에 붙어 있던 그것을 책상 위로 옮겼다 새의 주
검을 옮긴 것도 아닌데

미열을 만져본 것 같다

들어오고 나갈 때 쳐다보면 조금씩 움직였다

축축한 살을 밀어내며 겹눈을 뜨는 생물처럼
차례차례 발이 돋는

서서히 몰아다가 한꺼번에 덮치는 것이라면 그곳
의 해안을 닮았으므로 바깥은 몰려드는 발소리로 커
지고 안에서 바깥을 상상하는 이후의 모든 것에는

이웃이 있다는 듯
이웃과 이웃으로 이루어진 마을이 있다는 듯

이미 그것이 있었다

그녀가 오기 전에 그녀가 오려고 하기 전에 그녀
가 있다는 생각을 그녀가 하기 전에

지구의를 돌리고 있으면

거구의 사내가 계단을 내려온다

뒤에서 안으면 두 팔로 다 감아지지 않아서 거구
의 사내는 지구 같은 거라고 등에 얼굴을 묻으며 너
는 내가 작정하지 않으면 들어갈 수 없는 숲을 키우
는구나

거구의 사내에게 너라고 말해버리면

뭐라고 중얼거리는 당신 날아오르려다 말고 내려
와 발목을 질질 끌면서 뭐라고 중얼거리는 당신

나는 기필코
너를 사랑하고야 말 것이다

사내가 웃자란 숲을 끌고 내려오는 소리는 아름답
고 깊이를 알 수 없는 절망감으로 손톱은 물들고 나
는 서른여섯번째 계단부터 그가 쇠퇴기에 접어들었

다고 본다

　그가 계단을 내려올 때
　계단은 얼마나 효과적으로 사라지는지

　멸망의 깊이가 너무나도 깊어서 나는 숫자를 세다
가 멈추고

　지구의를 돌리고 있으면

　거구의 사내가 내 등뼈를 밟으며 거의 폐허에 서
있으려고 한다

옥상

1

낮잠을 잘 때마다 아랫도리가 한 칸씩 접히며 사라지고 있었다 몸속으로 구겨져 들어오는 오후를 토하고 싶었다

2

목구멍을 꽉 물고 있는 새와 입술을 나누고 싶은 숲이다

3

옷장은 달린다 달리는 옷장 속으로 표범이 달린다 달리는 표범은 바람이 벗어놓은 허물이라서 표범은 매번 제 발걸음에 넘어진다

한번 든 잠에서 깨어나기 위해 더 많은 잠을 잔다 언제 오나 내다보려고 길어지는 목을 잡고 숲이 달린다

4

티셔츠는 움켜쥐고 있다

5

손은 멀리 있다 너의 일들이 멀리 있듯 걸어 나가고 걸어 나가고 이곳은 증발하기 좋은 곳이라서 옷장이 없어지고 숨을 곳이 없어지고 결국 집을 박차고 나가기 좋아진다

6

구름을 쥐어짠 것처럼 집으로 돌아가는 주먹이 젖
어 있다

4부

저녁

하루 종일 어디 갔다가 아버지
한꺼번에 아버지가 되려 하는 아버지

마당은 이제 막 시작될 것이다

붉은 카펫을 펼치면 달리기 직전의 사슴과 사슴
우린 서로의 다리 밑으로 숨어 연약한 짐승을 완성
했다 뒤에서 쫓아오면 숨넘어갈 때까지 달려보는 것
호흡은 들켜도 눈동자는 들키지 말자는 다짐으로

낮이라는 건 뭔가요 그 따뜻함, 그 부드러움, 뭔
가가 자꾸 부족한가요 그 매혹, 그 열정, 타들어가는
담뱃불 타들어가는 입술 타들어가는 상냥함 원한다
면 다 해주나요

숨넘어가는 태양
뒷걸음치는 아버지

낮에는 만들고 낮에는 옆에서 뾰족하고 둥근 것들을 갖고 놀다가

골목을 끌고 들어오시는 아버지 지구라는 말을 허공에 띄워본 적 없지만 해 넘어간다는 말은 저절로 알게 된다 이제 부풀 대로 부푼 구름이에요 마개를 따세요 넘칠 일만 남았어요 부ㄲ러워 마요 해볼 건다 해보는 거예요 흩어진 숨결 흩어진 머리카락 흩어진 별들 날카로운 그 이마에 입 맞추고 산산조각나는 일 우린 이미 많이 해봤잖아요

만져줘요 한 번 더 태양
이런 말은 늦었지만 뺨은 얼얼해요

내일은 처음부터 다시 시작하는 거 맞죠

배웅

개천을 걸었다

개천은 돌층계로 내려갔다가 돌층계로 올라가는 개천이고 지나가던 개가 뒷다리를 들고 잠깐 서 있는 개천이다

나는 너의 그곳을 만졌고 개처럼 끙끙거렸다

하모니카를 들고 나온 노인이 하모니카를 불다가 들어갔다 꽃나무는 서서 꽃나무답게 꽃잎을 떨어뜨렸다

냄새 나는 개천은
어디까지 가서 끝나는지 몰랐지만

너를 보내기엔 개천만 한 곳도 없고 그런 개천 하나쯤은 어디에나 있어서

개천을 걸었다

결석

식구들이 나를 알아보지 못하게 하고 싶었다
엄마가 들어오고 오빠가 들어오고
조카가 밥을 먹고 있는 식탁에서 큰소리를 치면
누가 좋아할까 생각 안 한 건 아니지만

나는 열렸다 닫히는 문 사이로 나타나는 질문
그럴 필요가 있었을까?

내가 없는 곳에서
나에 대한 질문을 던지는 건 반칙이니까

열심히 나타나야지 외할머니 얼굴은 믿음직스럽
고 나는 오줌이 마렵다 치마 속에 치마가 있고 치마
속에 치마가 있으니 오줌을 누겠습니다 장화 한 짝
을 잃어버리겠습니다 연습장에 맨발을 그려놓았더
니 조카가 이 방 저 방을 넘기며 돌아다닌다

벽 속에 온도계를 묻었다 침이 묻어 있고 끈적끈

적하고 삼키면 죽을 것 같은 비료를 먹고 오늘 기온
은 어제보다 올라가겠습니다 건조대에서 말라가는
외투를 구름이 걸치고 나가면

  갈 데가 없어졌다 처음부터 그랬던 것처럼 찬장
문을 열면 반짝거리는 그릇들이 있는 것처럼 나는
누워서 지냈다

여인숙

그걸 뭐라고 해야 하나 극지에서는 오줌과 함께
얼어붙지 않기 위해 망치가 필요하다는데 자신이 꾸
고 있는 꿈속에서 빠져나오기 위해 몸을 두드려 깨
고 있는 여자들

복숭아는 제 몸의 껍질을 벗어놓고 물끄러미 쳐다
보고 있다 저 흘러내리는 속살을 다 견디려면 제 몸
을 먹어치워야 한다

하룻밤 묵어가야지 했던 일이다 세상의 모든 단추
를 불러들여 단추를 세고 단추를 달고 단추를 뜯어
내야지 살과 살을 잇대고 여며야지 추운 줄도 몰랐
다 나에겐 손이 없고 입이 없었다

아침에 여인숙이라는 말은 여기라서 포기할 수가
없다 몸은 거기에 있다 살을 만지면 손을 어디에 두
어야 할지 어렵기만 하고 작약의 성질은 시고 차다
는데

작약을 끓여줄까 모란을 끓여줄까

 하룻밤을 뜬눈으로 보낸다는 건 남은 밤을 눈 감
겠다는 거지 그러니까 그게 나라고만 할 수 없는 향
기가 스멀스멀 빠져나오고 그게 꼭 너라고만 할 수
없을 불빛이 벌레처럼 내 살을 갉아 먹고

역말상회

이곳에서 기분이 시작된다 아내를 죽여야겠다는 그의 결심도 이곳에서 시작되고

염소는 바다를 뜯었다 염소가 부지런히 바다를 삼키는 동안 마을에서는 파도치는 소리가 들렸다

그는 제 목구멍 안에 울음을 쏟아 넣으며 출렁였다 소주병이 꾸고 있는 꿈은 그런 식이다 사물들이 꿈을 꾸지 않는다고 말할 수는 없다 식물들은 중심으로부터 점점 희미해지는데 왜 끝이 더 아름다운가 서서히 파란색이 완성되는 칼끝에서 오늘 하루는 시작되고

눈을 감았다 뜨면 세계는 천천히 증발하기 시작한다
지나가는 여자의 손에 들린 대파처럼

차양 아래 염소의 목이 골목을 향해 뻗어나간다

염소는 목이 탄다 느낌이 시작되면 골목은 끝장을
보게 되어 있다 파국의 고요는 그래서 슬프다

  골목 끝까지 달려 나가 뒷목을 잡는 손
  의도도 없이 온도를 전달하는 손

  염소는 문틈으로 스며드는 그림자를 뜯는다 씹어
도 씹어도 삼켜지지 않는 그림자가 염소의 이빨 사
이에 끼어 있다

간발의 차이

옷을 벗다가 이상한 기분이 들었다 누군가 나를
보고 있다

왜 그런 생각을 하는 거지?

벌써 앞집 남자가 창문을 타 넘고 있다 경계를 넘
는 순간 강물을 적시는 태양처럼 남자가 몸을 풀고
있다 붉게 달아오르는 방 안이야 이런 기분을 어제
는 박물관을 향한 계단에서도 느꼈는데

뒤를 돌아보았을 때 몇 겹으로 접힌 내가 멈춰 있
었다 구름이 내 한쪽 어깨를 누르고 보고 있었다

구름의 표정을 왜 이해하고 있는 거지?

궁금해진 나는 구름 속으로 걸어 들어가 구름의
내벽을 더듬었다 내 살을 만지면 이런 기분일까 어
떤 살은 오래 문지르면 바닥에서부터 차올랐지 그땐

이미 누군가 내 옆에 와 있었다

　박물관 한구석에는 유물처럼 구름이 앉아 있었다
차오르고 넘칠 때마다 눈꺼풀 안쪽으로 밀어 넣으며
단단해졌겠지 거울이 왜 나를 비추는지 알 것 같았다

　돌아올 때 잊히지 않는 풍경이 하나 있었는데 그
건 그곳에 내가 오래 머무르고 있어서다 내가 내 살
을 너무 만지고 있어서다

베란다

먼저 개가 짖었다

금속성이 허공을 파고들었다 느릅나무는 바깥을 생략했다 가늘게 시작해서 털이 많이 나는 것 등뼈를 지나 콩팥 같은 데서 부르르 떠는 것

방앗간은 초식성
건강원은 육식성

맞물리는 기계의 안쪽을 걷다가 배고프면 살을 발라 먹었다 머릿속 가득 솜을 적셔 먹었다

입안은 꽉 다문 입으로
귓속은 틀어막은 귀로

문 열고 들어오는 사람은 없다 가죽나무는 녹슨다 붉다 붉다

분홍, 흩날린다
초록, 넘쳐난다

목을 따라가면 기린이 있고 기린을 따라가면 이렇게 멀리 있는 귀라서 내가 나를 밀었다

태영칸타빌
── 지옥의 문*

나는 허공에 세워진 바닥을 닦고 있었고 너는 허
공을 향해 주먹을 휘두르고 있었다 나는 가만히 개
새끼라는 말을 발음했다

하나 둘 셋 숫자는 다섯까지만 센다 더 많은 숫자
가 무슨 의미가 있는지 모른다 어슬렁거리는 개새끼
는 몇 마리 있었다 모여 앉아 술잔을 돌리는 신들의
저녁에

첫번째 주먹질에도 쓰러지지 않는 구름이라면 두
번째 주먹질에도 쓰러지지 않는 구름이라면

한 번도 생각해보지 않은 자세를 배우기 위해

허공을 내딛는 걸음이 된다 가장 어려운 건 수평
으로 흐르는 마음 귀를 의심하지 않기 위해 달팽이
귀담아듣기 위해 달팽이 옆으로, 옆으로, 난간을 짚
으며, 뒷걸음치는

구름의 주먹질
구름의 주먹질

주먹질은 구름한테 배우고 주먹질에 관한 한 구름
한테 배우고 바닥에서 머리카락을 집어 올린다 하나
둘 셋 몇 날 며칠이나 반복되는 그런 날은 영원히 반
복되지는 않고

뿔피리 소리를 듣는다 그런 소리는 어디서부터 시
작되는지 몰라 어쩌면 너무 가까워 그런 소리인지도
몰라 움켜쥐느라 솟은 주먹 같은

구름을 그만 놓아주라고 말하고 싶어졌다

* 로댕의 「지옥의 문」에는 '생각하는 사람'과 '떨어지는 남자'가 보
인다.

가능성 있는 포도

언니가 없는 곳에서 소문이 만들어지고 있습니다 꽃잎을 만지다가 마음을 잃어버린 사람을 믿겠습니다 통과한다는 것에 대해

누군가 농담을 건네면 과일이 생각나고 포도는 살과 살을 맞댄 결속입니다 그런 포도가 놓여 있는 골목에 대해

언니가 장사를 시작했다는 소문은 마음에 들었습니다 언니라는 말은 늘 어려웠는데 언니라는 말을 할 수 있게 되면서부터 우리라는 말을 이해하게 됩니다

언니는 더 예뻐집니다 더,를 붙이면 앞으로 나아갈 수 있을 것 같습니다

진열장이 비어 있는데 이렇게 한꺼번에 쏟아지는 고요는 어리둥절합니다 무늬로 말하면 될까요 저기

언니가 소실점입니다 축약되고 있는 골목에 대해

대서소 사내는 천천히 받아 적기 시작했습니다

수화(手話)

골목에서 노파들이 쏟아져 나온다
그들의 손끝에서 붉은 혀들이 번질 때
허공도 붉은 혀를 갖고 있는지
구름 한 점이 파르르 몸을 떨었다

집으로 돌아가는 여인들의 몸에서는
빛바랜 냄새가 맡아지곤 했는데
  그건 태양이 뱉어놓은 언어가 닳고 닳아서 발음을
할 수가 없어졌기 때문

원시의 동굴을 기억하는 바람이 그렇듯
노파의 일생을 통과해온 숨결은 눅눅하다
혈관과 내장과 떨림으로부터 끌어올린
가로수가 내민 수천 개의 이파리들처럼
  세상의 모든 펄럭이는 것들은 사실은 혀일지도 모
른다

오래 길들여온 새들이 노파의 손끝에서 날아오르고

구름은 지나가는 중이다
새들은 미리 가서 저승의 안부를 물을 것이고
글썽이는 건 구름의 습성이지만
바람의 일이기도 하다

후두둑
새들이 물어온 소식이 거리를 적시자
사루비아가 붉은 혀를 내밀어
무수히 지나는 발자국에 대해 지껄이기 시작했다

온몸으로 번지는 저 언어들을 어떻게 발음해야 하나

병원 앞으로 와

병원은 어떤 곳이니? 흰 바탕에 어떤 식으로든 무늬를 새기는 곳이니? 얼룩말처럼 보이고 싶어서 가로줄 무늬 양말을 무릎까지 올려 신은 적 있다

얼룩말처럼 울어본 적 있다

쟤는 좀 이상하지 않니? 그런 식으로 말하는 습관이 있는 우리는 같은 방향으로 몰려다녔다 꼭 늦는 애들이 있었는데

난 그 애들을 질투했다 내가 모르는 게 있을까 봐 얼룩말이 달리고 있는데 따라가지 못하는 무늬라서

왜 병원이니?
아까부터 묻고 싶었던 말을 결국은 묻게 되고

치즈를 녹여 먹던 날과 같아 앞발이 녹고 뒷발까지 녹을 때 접시에 치즈가 안 남아 있을 때 접시는

아무리 달려도 끝나지 않는 접시라서 무늬를 뒤집어
쓰고 안에 채울 것들을 불러 모은다 물약, 친구, 탬
버린…… 소용에 닿을 때까지 멀리 더 멀리

  병원은 거기에 다 있을 거야 구름 옆에 또 구름이
있는 것처럼

아버지는 아침마다 산딸기를 따 들고
대문을 들어섰다

저기 대문을 잠가줘요

말랑하고 빨갛고 냄새가 나고 손으로 문대면 으깨
지는 산딸기의 성장이 두려워 산딸기를 씹어 먹었다
내 이빨과 혀가 나의 성장에 관여했다

잇몸을 드러내며 아버지는 웃었다 나는 왜 고함을
쳤다라고 적지 않고 웃었다,라고 적는지 모르겠다

엄마는 아궁이 앞에서 머리카락을 잘라내고
나는 조금씩 사라지는 법을 배우고

저기 대문을 나서면
어디서나 짙푸른 멍처럼 풀들이 자라났다

잇몸이 가려우면
아버지를 뜯어 먹었다
아버지만 뜯어 먹고도 이렇게 살아 있다니

성장은 징그러워요

입을 작게 벌리고도 훌륭하게 식사할 수 있다
메뚜기도 괜찮고 개구리도 괜찮고 방아깨비는 좀
더 우아하지
쇠죽솥 가득 우아하게 저녁을 삶고 있는 엄마
나는 잘 크고 있다

아버지의 입안에서 맴돌던 냄새가
내 입안에서 맡아진다
자꾸만 내 이빨이 무시무시해진다

딱딱하지만 달콤하지
그리고 아이들이 태어난다

박 상 수

모자와 각설탕

이 시집, 한 번 읽으면 모서리가 반듯한 정육면체가 떠오른다. 정육면체인 줄 알았는데 만져보니 각설탕이다. 입에 넣으면 금세 기분이 달콤해진다는 것, 잘 알고 있다. 생각만으로도 혀가 녹는다. 하지만 먹으면 안 될 것 같다. 이가 썩을 것이고, 당 수치는 높아질 것이며, 살이 찔 것이고……

상상 속 각설탕을 손등 위에 올려두고 시집을 계속 읽자.

이번엔 모자를 쓰고 읽어보자. 작품마다 시적 상황은 모호하나 어딘가 이상하게 각이 잘 맞고 지적이다. 사건의 실상, 그리고 감정과 해석이 은밀하게 감추어져 있다. 거친 폭발은 사유로 제어되고 정서는 안정적으로 간직된다. 그런 것처럼 보인다. 무슨 일인가 일어난 것 같은데 명백하게 파악하기가 쉽지 않다. 간혹 어떤 시는 읽고 나서도 별일이 일어나지 않은 것처럼 보일 정도다. 모자 속을 들여다보는 기분이다.

그런데 두 번 읽으면 이 시집, 뭔가 이상하다. 어딘가 기우뚱하다. 불길하면서도 에로틱하다. 넘치고 싶은 강렬한 열망으로 부글거린다. 끊어놓은 마디를 연결시켜 텍스트의 무의식을 구성해보면 느낌은 완전히 달라진다. 열기와 탕진. 해소되지 못한 정념. 지속적으로 끓어오르려는 기척. 물론 완전히 넘치는 일은 없다. 아니, 이미 넘쳤는데도 그렇지 않은 것처럼 안쪽으로 뭔가 감추어져 있다. 성질이 전혀 다른 표면과 내면이 붙어 있다. 위태롭고도 은밀하게.

시적 화자는 무게를 재고 거리를 측정하는 측량사의 시선으로 중심 사건을 재생한다. 뭔가 있었지만 아무것도 아닙니다,라고 말하려는 것 같다. 난 이제 괜찮아요,라고 다짐하는 것 같다. 여기에 초점을 맞추면 현실은 아무 이상 없이 흘러간다. 이 시집도 담담하게 읽힐지 모른다. 그런데 그것만이 진실은 아닐 것이다. 가장 모범적으로 보일 때조차 누군가의 두 발은 이미 설탕에 잠겨 있는 것. 마치 백사장의 모래처럼. 온몸이 설탕 가루로 바스락거리는 것. 임승유의 첫 시집은 모자와 각설탕 사이에 파국을 감추고 무심한 듯 펼쳐진다. "사탕을 녹여 먹고//오늘의 날씨에 안감을 대면/앞다투어 아이들이 뛰어오고/뛰어오면서 녹는다/키스처럼"(「우산」).

키스 같은 각설탕 가루가 조금, 아니 많이 흩날린다.

손을 넣어볼까?

모자 속에서 뭔가 소리가 들린다. 끈적하고 달콤한 것들이 바람에 돌아다니는 소리. 그러나 예상과 달리 모자에서 제일 먼저 나오는 것은 담장, 벽, 난간, 옷장, 국경 같은 것들이다. 단어이자 사물이며 딱딱한 것들. 얼핏 임승유의 시적 화자가 대체로 합리적이고, 현명하다는 인상을 주는 이유도 이런 사물들의 보이지 않는 성실한 기능 때문이다.

"이빨이 빠지는 옥수수 알 같은 자음들 재봉사가 담장을 꿰매네"(「할랄푸드를 겪는 골목」)라든지 "그러니 아가씨여//마음에 품고 있는 걸 말하지 마요"(「윤달」)라든지, "난간이다 난간은 멀고//난간에서 손을 놓아서는 안 되니까/잡아당긴다"(「파수」), "옷장은 달린다 달리는 옷장 속으로 표범이 달린다 [……] 표범은 매번 제 발걸음에 넘어진다"(「옥상」) 또는 "아이들이 타 넘고 있으므로 국경이 한 뼘 뒤로 물러난다"(「아포가토」)와 같은 문장을 읽으면 하고 싶은 말은 내면에 쌓아두고, 그것이 터져나가려는 것을 막는 것에 익숙한 사람의 이미지가 자연스럽게 떠오른다. 심지어 임승유의 시적 화자는 "꽃잎은 함부로 말하고 함부로 울려고 한다/소녀는 돌멩이를 움켜쥐고 서 있다"(「치마」)라든지 "나뭇가지를 옆으로 치우고/창문을 그렸다//한 손에/돌멩이를 쥐고"(「구조와 성질」)처럼, 감정적으로 가장 고조된 것 같은 순간에도 돌멩이를 던지는 사람이 아니라 침착하게 그저 손에 들고 있는 사람이다. 어떤 힘이 파국 이전에 스스로를 제어하는 것이다.

옷장 안의 표범. 국경 안의 아이들. 아무리 달려가도 담을 넘어설 수가 없고 담은 거기 그대로 있다. 행동은 늘 일정 범위 안에 가두어진다. 그러지 않으면 도무지 안심할 수 없다는 듯이 시적 화자는 이 계열의 딱딱한 사물들을 애호한다. 사실 당연한 일이다. 시적 화자의 내면에는 '금지, 즉 각설탕을 빨아먹으면 안 된다'에 그치지 않는, 그 어떤 것보다, 그 누구의 것보다 강렬한 욕망이 잠재되어 있으니까.

따라서 "망보는 벽을 세우고 더 들어가면 여긴 구멍 들어가본 적 없어 나오는 방법을 모르는 백 년 동안의 소용돌이 단 하나의 점을 향해 휘몰아치는 정신을 쏙 **빼놓**으며 튀어나오는 쥐가 있고 꼬리를 잘라도 계속되는 몸 끝나지 않는 종아리 한 번도 멈춘 적 없는 머리카락 줄지 않는 피부 한 번은 다르게 살 수도 있다는 걸 증명하기 위해//혼자서 들어갔다가 여럿이 되어 나온다/더 잘 사랑하기 위해서라면 그렇게 많은 몸이 왜 필요해"(「장소의 발생」)와 같은 구절을 읽는 일은 신선하다. 담장, 벽, 난간과 거의 같은 역할을 하는 '망보는 벽'을 세워두고 화자는 구멍 안쪽으로 깊게 들어간다. 그러다가 나오는 법도 몰랐던 소용돌이 속에서 어느덧 빠져나오는데 "혼자서 들어갔다가 여럿이 되어 나"오게 된다. 무엇보다도 '망보는 벽→구멍 속→소용돌이→여럿이 되어 나옴'이라는 상상의 과정이 무척이나 흥미롭다. 이것은 '금지→금지가 얽힌 은밀한 일→아이들이 태어난다'는, 이 시집의 가장 핵심적인 상상 체계를 암시하는 대목으로 읽힌다.

그건 불길하지만 달콤하지

좀더 구체적으로 우리의 이야기를 전개시키기 위해 「모자의 효과」를 읽어보자. 「모자의 효과」는 매력적이지만 동시에 묘한 뉘앙스로 가득한 작품이다. 친척 집에 다녀오라는 가족의 말에 여자아이는 군말 없이 집을 나선다. 어쩐지 이런 종류의 이야기는 여자아이가 산길을 벗어나야 할 것 같고 그렇게 새로운 모험이 펼쳐지리라는 기대를 낳지만 이 시의 여자아이는 충실하게 친척 집에 간다. 아이가 별일 없이 친척 집에 도착하는 것도 이채롭다. "고모와 당고모와 대고모의 발바닥으로 가득한/그런 친척 집이 있는 것만 같다"와 같은 문장을 읽으며 모자의 가능성을 상상력으로 확장시키는 천진한 아이의 이야기로 읽는 것도 충분히 가능하다.

하지만 "사촌이 몸 안으로 들어오면"이라는 구절을 읽으면서 돌연 우리는 활자를 가깝게 들여다볼지도 모른다. 그리고 다시 "여긴 모르는 곳 구름과 이불 이불과 구름 잘못된 발음을 할 때처럼 죄책감이 들어 풀잎과 꽃잎 꽃잎과 풀잎 우린 그만큼 가까운가요? 풀숲의 기분으로 달려도 도착하게 되지 않는다 모자 속에서는 나쁜 냄새가 나는 것만 같다"라는 구절과 만나면서, 뭔가 있나 본데 이게 뭐지, 하는 마음을 먹었다가 이내 구름 사이에서 몽롱하게 노닥거리게 될지도 모른다. 시간과 장소가 비현실적으로 바뀌고, 비유적 이미지가 등장하며, 원래의 사건에서 거리가 먼 것처럼 느껴지는 환유적인 문장에 책임을 물으며 긴장을 풀게 되기 때문이다. 하지만 임승유의 시가 여기에서 그치는 것은 아니다.

다시 읽자면, 이 시는 예기치 않은 '성적 침입'과 사촌 간임에 분명한 두 명의 아이, 그리고 이들이 관계를 맺는 풀숲의 이미지를 떠올리게 하지 않는가. 이것이 실제이든, 현실의 일부를 확대한 것이든, 아니면 모두가 심리적 현실이든 그것은 우리의 관심사가 아니다. 시 안에서 우리가 확인할 수 있는 것은 시적 화자가 모자처럼 움푹하고 은밀한 공간에서 사촌과 의도치 않게 어떤 성적인 뉘앙스에 물든 일을 나누었다는 것이다(어쩐지 이 은밀한 만남은 한 번에 그치지 않았을 것이라는 생각이 든다). 요시유키 준노스케의 단편소설 「뜻밖의 일」 중 일부를 가져다가 제목 다음에 배치한 것도 의미심장하다. 별 의도 없이 모자를 쓰게 된 '남자'와 아무것도 모르고 모자 속에서 잠든 '작은 고양이'의 긴장감 있는 관계. 이런 분위기를 떠올리며 "친척이 물 한 컵을 줄 때는 숨을 참으면 된다 맛도 안 나고 냄새도 안 난다//웃는 이가 된다/젖은 웃는 이가 된다"는 문장까지 연거푸 읽으면, 또한 이 사건이 여자아이에게 강한 심리적 트라우마로 각인되었음을 짐작하게 된다. 자학과 죄책감은 "젖은 웃는 이가 된다"는 기이한 문장으로 형상화되었을 것. 문장의 안쪽이 야릇한 감정들로 이처럼 뜨겁다.

'금지'와 '금지가 얽힌 은밀한 일'. 그러나 감당하지 못할 사건의 폭력성에 항거하며 비탄을 터뜨리는 희생자의 목소리가 없다는 점에서 이 시는 독특하다. 사건에 비스듬하게 연루된 자의 공동 책임 내지는 미필적 고의에 의한, 쉽게 정리할 수 없는 불투명한 정서가 들어 있다고 할까? 나쁜 냄새. 동시에 둘만의 은밀한 쾌락. 이렇게만 말하기에는 부족한 기분들. 이 시를 하나의 심리적 사건으로 환원하여 그 사건의 비밀을 밝혀내는 것도 이해의 한 방법이 되겠지만 그것은 출발점이나 경유지일 뿐 결승점

이어서는 안 될 것이다. 중요한 것은 시적 화자가 이런 사태에 접근하는 태도다.

여자아이에 대해 기술하는 화자의 표면적 목소리는 차분하고 침착하다. 이런 대목이 개성적이라는 것이다. "풀잎과 꽃잎 꽃잎과 풀잎 우린 그만큼 가까운가요?"라든지 "짓이겨지는 풀잎과 짓이겨지는 꽃잎 중에 뭐가 더 진할까? 피는 물보다 진할까?"와 같은 말은 사건을 기술하는 화자의 태도가 어떻게 이 시인의 문학적 색깔을 결정하는지를 잘 보여준다. 기이하게도 애초의 사건은 풀잎과 꽃잎 사이의, 피와 물 사이의 무게를 재는 계측의 언어로 뒤바뀌어 기술된다. 뜨거운 정서를 식히기 위한 임승유의 방법론이다. 일정한 거리감을 유지한 채 원래의 사건을 들여다보고, 시간상으로도 한참 지난 뒤의 비교적 안정적인 목소리로 사건을 기술하는 방식. 감각보다는 사유, 묘사보다는 진술의 힘이 우세하다. 사유와 진술은 시 속에서 어느 때든 반성적이고 성찰적이다. 시적 화자는 아이가 되어, 당시의 시공간으로 되돌아가 격렬하게 그 시간과 사건을 되살려내고 고발하는 데에 시의 목적을 두지 않는다.

즉, 시적 화자는 명백하게 사건을 드러내고, 거기서부터 언어와 이미지를 쌓아가는 것이 아니라 최대한 사건을 모자 안에 가두고 비밀스럽게 암시하거나 뒤섞으면서, 모자 밖에 선 채로, 그 사건 안의 구성원으로 참여하고 있는 자신과 이 모든 사건을 기술하는 성찰적인 자신의 역량을 균등하게 대치시키면서 힘의 기울기를 이리저리 조정한다. 그녀의 팽팽한 에너지가 잘 조정된 시들은 이처럼 불가피하게 일어난 사건, 그것이 빚어내는 금지와 쾌락, 혹은 죄와 용서 사이를 오가되, 이와 관련된 환유적이고 성찰적인 문장들을 동원하여, 핵심 정보는 탈락시키거나 필요한 정서적 해석을 삭제하는 식으로, 또는 주어와 목적어를 드문드문 빼놓는 식으로, 이 모든 사태를 하나의 은밀한 '비밀'로 간직하려는 경향을 보인다.

말하면서 말하지 않으려는 방식이다. 때문에 독자는 각 시편에 감추어진 사건에 주목하게 된다. 모자의 색깔이나 스타일, 그 모자를 누가 쓰고 있느냐가 궁금한 것이 아니라 모자의 안쪽에서 움직이는 각설탕의 일들이 궁금해지는 것이다. 윤리적으로 나쁘다는 단죄의 심정과, 그것이 전부는 아니라는 뻐딱한 정서와, 더 남아 있는 여러 기분들. 이들에 일정한 거리를 두고 태연하게 정돈하여 기술하려는 어른의 태도까지. 시인의 관심은 이 모든 분야에 공평하게 배분되고 사태는 종합된다. 평면체가 아니라 다면체고 단일 초점이 아니라 다초점이다. 이렇게 되면 애초의 사건은 윤리적으로, 비윤리적으로, 사후적으로 세 번 재기술되면서 어떤 견딜 만한 정서의 결합체로 중화된다.

자, 이제 이 시의 초반부에 등장했던 구절을 다시 읽자.

글자 포인트를 달리하여, 누가 한 말인지 구분할 수 없이 개입되어 있던 목소리를 기억하는지? "아이를 낳았지/나 갖고는 부족할까 봐/아이와/아이와/아이를"이라는 구절. 이 구절은 이유 없이 여기 들어와 있는 것일까? 어쩐지 이 구절은 여자아이의 상상 속에서, 아이와 아이가 맺은 관계로 인하여("아이와/아이와") 새로운 아이를 낳는 ("아이를") 일로 해석해볼 수 있지 않은가. 여자아이의 상상 속에서 "아이를 낳았지/나 갖고는 부족할까 봐"라는 구절은 죄를 씻고(부족한 나를 극복하고) '다시 태어나고 싶다는 열망'과 '새로워지고 싶다는 마음'을 실현시키는 가장 핵심적인 상상력이 된다. 뿐만 아니라 '더 많이 사랑받고 싶다'는 욕망을 포함하고 있는 말로 바꿔 읽을 수도 있게 된다. 앞서 "혼자서 들어갔다가 여럿이 되어 나온다/더 잘 사랑하기 위해서라면 그렇게 많은 몸이 왜 필요해"(「장소의 발생」)라는 구절을 다시 한 번 상기한다면, 여러 명의 아이가 필요한 것은 '더 잘 사랑하기 위해서'라기보다는 '더 많이 사랑받기 위해서'라고 말해야 하리라. 불온하지만 지극히 인간적인 감정이다.

상황이 이러하다면 임승유의 어떤 시들은 환하게 선명하지 않은가? 특히 2부의 어떤 시들이 그러한데 그중에서도 「건강하고 안전한 생활」「하고 난 뒤의 산책」「미끄럼틀」 같은 작품들은 성적 행위를 지시하는 '하다'라는 노골적인 서술어의 지시 아래, 성적 행위에만 눈먼 상대를 비꼬는 듯한 말투와, 관계에 대한 환멸이 담긴 태도, 미끄럼틀을 타고 내려오는 것 같은 쾌락, 또한 쾌락 대신 쾌락의 주변적 상황에 집중하고 그것들을 겹쳐서 만들어내는 환유적인 시선 돌리기가 무척이나 흥미로운 작품들이다. 핵심에 대해 끝내 말을 않겠다는 의지가 쾌락에 대한 몰입을 지연시키면서 시의 육체를 연장시킨다. 선명하지만 비밀스러운 이야기로 각 작품의 색깔이 빚어진다. 말하려는 힘과 말하지 않으려는 힘이 역시 이렇게 뒤섞여 있다.

물론 은밀함과 비밀스러움에 관해서라면 1부에 실린 「꿈속에 선생님이 나왔어요」와 같은 시를 빼놓을 수 없을 것이다. 한 학생이 문득 전한 '꿈속에 선생님이 나왔어요'라는 말은 이 말의 수신자인 '화자-선생님'의 욕망에 파문을 일으킨다. "우리들의 사물함 우리들의 침실 우리들의 무덤"이라는 구절에서 알 수 있지만 학생의 이 말은 둘만의 은밀한 공간(사물함, 침실)과 그 공간이 빚어낼 윤리적 파국(무덤)에 대한 염려를 이미 내장하고 있다. 은폐와 탈은폐의 곡예를 오가며 이어지는 선생님의 꿈에서 이것은 다시 삼각관계에 대한 암시로 연결되고 욕망은 더욱 풍성해진다. 그러다가 마침내 다시 현실로 복귀하여 자기 발걸음을 세보는 일로 마무리되는 시를 읽고 있자면 이빨을 몽땅 썩게 만들 설탕을, 낱개의 각설탕으로 단단하게 만들어 모자 속에 넣어 보존하려는 시적 화자의 정신 작용이 무엇 때문인지 짐작하게 된다. 불길하고 달콤하다. 달콤하지만 격렬하다. 설탕은 우리를 이토록 흔들리게 만든다.

저 계집애를 잡으라는 소리

설탕과 모자의 효과로 임승유 시가 놓인 배경을 어느 정도 이해할 수 있겠지만 한 가지 더 우리의 상상력을 동원해봐야 할 일이 남아 있다. 이 시집에는 어떤 서글픈 목소리가 지속적으로 등장한다. 죄를 추궁당하는 아이의 목소리랄까. 특히 「아포가토」와 「원피스」, 그리고 「밖에다 화초를 내놓고 기르는 여자들은 안에선 무얼 기르는 걸까?」(이하 「밖에다」)와 「소년을 두 번 만났다」와 같은 작품이 그러한데 이들은 각각 다른 두 개의 사건을 두고 쓴 연작 같지만 동시에 서로 상통하는 하나의 사건에 대한 조금 다른 상호 참조 같다.

먼저 3부의 어떤 에피소드. "봄, 번지는 풀밭/여름, 무섭게 번지는 풀밭//지호야 두연아 기선아//풀밭에 불을 지르고 여러 가지 소리를 가진다 [……] 우우우 아이들의 시체가 뒹구는 타버린 풀밭은 뭐라고 하나"(「아포가토」) 같은 구절을 읽고 있노라면 어쩐지 한 아이가 풀밭에 불을 지르게 되었고(혹은 친구들과 불 지르는 일에 동참하게 되었고), 이 일 때문에 불행하게도 다른 친구들은 모두 죽고 불길 속을 혼자 뛰쳐나와 살아남은 아이의 서사를 떠올리게 된다. 그런데 「아포가토」를, 배치상 바로 다음다음에 실린 「원피스」의 "저 계집애를 잡으라는 소리에 벌떡 일어나면//물방울무늬 원피스 하나만 필요해"와 같이 읽으면, 우리는 자기가 저지른 불장난으로 인하여 마을 사람들의 집단적인 추궁과 단죄를 경험한 아이를 떠올릴 수 있다. 여자아이는 어른이 되어서도 악몽에 시달린다. 이렇게 연결시켜 읽자면 "물방울무늬 원피스"가 갑작스럽게 왜 등장했는지를 짐작해볼 수 있다. '불' 때문에 단죄를 당했으니 불을 끄기 위해 '물'을 떠올렸을 것이고, 더 이상 죄의식에 시달리는 어린 '아이'가 아니라 거기에서 자유로운, 성적 자기 결정권을 가진 '어른'이라는 것을 스스로에게 납득시키기 위해 원피스가 등장한 것은 아닐까. 즉, "물방울무늬 원피스"는 유년 시절의 트라우마에서 벗어나기 위해 찾아낸 언어적 방어물인 셈이다.

따라서 "애인은 만져줄 거야 친구는 안 만져줄 거야 슬픈 사람은 원피스를 안 볼 거야 [……] 나는 원피스를 좋아하는데/한 계절에 원피스 하나를 살 수 있는 삶이 이렇게 좋은데"(「원피스」)라는 구절을 "누군가 원피스 입는 걸 도와준다면 키스를 하겠네"(「스피어민트」)와 겹쳐 읽어보자면 시적 화자의 '원피스 애호' '관계와 사랑에 대한 기대'가 무엇 때문인지 짐작할 수 있다. 즉, 자신만의 언어적 방어물인 "물방울무늬 원피스" 혹은 그 원피스를 입은 자신을 사랑해주는 애인이야말로 누구도 위로해주지 않는 상처를 이해하고 어루만져주는 고마운 사람인 것이다.

또한 2부의 두번째 작품 「밖에다」와 같은 시를 읽고 있노라면 느낌은 기묘해진다. "불이 났다고 해 [······] 바람은/언덕은/던져주고 있다/더 타야 할 것들이 있다면서"라든지 "잘못했어요 잘못했어요 붙들고 매달리며 달의 몸속을 헤집고 들어서면 소년은 늘어나는 팔다리를 가졌다"와 "소년은 정시에 도착했다 예전처럼 웃으며/너는 죽기로 하지 않았니?/소년을 끌어내려 하자/이불 밖으로 발이 먼저 나와 있었다"와 같은 문장은 역시 정확한 사건의 실상을 알아채기는 어렵지만 드문드문 쪼개진 진술과 흔적을 통해 일반적이지는 않은 애정 관계가 파국에 이르는 과정을 떠올려 볼 수 있다. 소년의 일방적인 매달림으로 시작된 관계는 이 소년의 상대가 누구인지 알아챌 수 없도록 제3의 시선으로 기술되어 있으며 그래서 전반적으로 은밀하다. 결국 이 둘의 관계가 밖으로 드러난 후에 올바른 진술로 사건을 정리해줄 것 같았던 소년이 아무렇지 않은 듯 제 살길을 궁리하는 이기적인 쪽으로 움직였을 때, 시는 돌연 끝나버린다.

이대로 묻힐 것 같았던 시가 불씨를 꺼뜨리지 않는 것은 바로 다음에 배치된 시 「소년을 두 번 만났다」 때문이다. 우리는 시작에서부터 "문장 속에서 살해당하지 않으려면 내가 먼저 다음과 같은 문장을 시작해야 한다//나는 소년을 두 번 만났다"는 문장과 마주한다. 소년을 중심으로 일어난 일들이 기술된 「밖에다」의 또 다른 사건 당사자가 이 시의 "나"로 이어지는 셈이다. 시적 화자는 소년의 일방적인 진술에 희생당하지 않기 위해 소년과의 만남 자체를 부인하기에 이른다. 실제 이들이 함께했을 것 같은 선유도나 김유정 생가와 같은 구체적인 지명은 지워지고 대신 암시적인 인용문이 그 자리를 채운다. 나는 그 소년을 아예 모르는 것은 아니지만 우리는 타인처럼 어디선가 스쳐 지나갔을 뿐입니다,라는 내용의 그것들. 결국은 소년을 상징적으로 죽이게 될 자신의 진술 때문에 시적 화자는 고통받는다. 이후로도 영원히 이 사건을 반복적으로 겪어내야 할 것임을 알고 있는 자의 무한한, 동시에 무력한 두려움으로. 동시에 지극히 현실적인 마음으로. 어떤 사랑은 피해와 가해가 뒤섞인, 애원과 증오가 뒤섞인, 이토록 잊을 수 없는 사건이 된다. 앞의 두 편, 뒤의 두 편 모두 금지된 사건이 벌어지고 이 일로 인해 죄를 추궁받는 여자의 자책감이 강하게 느껴진다. 여자는 일방적인 피해자가 아니라 피해자이면서 가해자이고 분노와 원망의 불길 속에 내던져진 무력한 아이가 된다. 임승유의 시적 화자가 담장과 벽, 난간 등에 기댈 수밖에 없는 이유도 여기에 있다. 금지를 어겨서 또다시 같은 불행을 겪어서는 안 되는 것이다. 삶은, 지속되어야 한다.

그럼에도 아이들이 태어난다

물론 임승유의 시에도 완전히 '다른 내가 되고 싶다는 욕망'이 실현될 때가 있다. 이번 시집에서 금지를 벗어나 선할 정도로 투명하게 자유로워지는 예외적인 경우라면 시 「연습」을 들 수 있지 않을까. "사람들이 지나가며 손을 흔든다//나는 사탕을 생각하고//모두들 달라붙어서 열심히 굴리면 지구였듯이//머리를 감싸 쥔 양손에서/끈적하고 달콤하게 사탕이 만들어졌다//새를 감추고 있다고 믿으면서/난간은 난간을 떨어뜨리고//여자들과 여자들이 블라우스만 입고 돌아다닌다면 얼마나 싱그러운 아이들이 태어나겠니?" 이 시에서도 마찬가지이지만 욕망이 자유롭게 풀려나는 순간에 어김없이 '사탕'은 등장한다. 이번에는 사방이 각진 '각설탕'이 아니라 동그랄 것 같은 '사탕'이다. "새를 감추고 있다고 믿으면서/난간은 난간을 떨어뜨리고"라는 문장에 힘입어 난간은 무너지고 새는 날아오른다. 그 순간 "여자들과 여자들이 블라우스만 입고 돌아다닌다면 얼마나 싱그러운 아이들이 태어나겠니?"라는 감각적인 문장이 경쾌하게 솟구친다.

못내 잊을 수 없는 구절은 "싱그러운 아이들이 태어"난다는 부분인데 앞서 「장소의 발생」에서 "혼자서 들어갔다가 여럿이 되어 나온다"의 '여럿'이 진지하고 무거웠다면 지금 이 부분의 '싱그러운 아이들'은 어떤 구속에도 발목 잡히지 않는 깨끗한 이미지로 우리의 이마를 틔워준다. 그러나 어째서 제목이 「연습」일까? 아마도 남자와 여자가 만나는 일이 아니라 여자와 여자가 만나는 일이기 때문이리라. 블라우스만 입고 돌아다니는 여자들이라는 독특한 상상에 기대었기 때문이리라. 임승유의 시적 화자에게 이것은 어디까지나 상상력의 '연습'일 뿐 현실의 일은 아닌 것이다. 몰입은 그 몰입의 효과를 따져 묻는 합리적인 시선으로 이미 제어된다.

결국 임승유의 시는 "노란 티셔츠를 입은 소녀가 서 있다 [……] 소녀한테서는 짓무른 과일 향이 풍길 것 같고/뭔가 할 말이 생각날 것도 같다/바람은 친절해서 이를 닦아주며 지나가고/소녀는 살짝살짝 뒤집힌다"(「치마」)에서 떠올릴 수 있는 것처럼 불온한 소녀가 지배적 화자로 존재하고 있다고 보는 편이 맞다. 짓물러버린 소녀. 불가피한 사건을 겪고, 욕망과 은밀함의 힘을 이미 맛본 소녀. 그렇기 때문에 더욱 강한 금지에 시달리는 소녀. 이 소녀는 어른이 되어서도 자신을 옥죄고 놓아주지 않는 금지와 윤리 의식 때문에 괴롭고, 그걸 넘어서기 위해 자유와 쾌락을 추구한 결과, 때로 감당 못할 사건 한가운데에 놓이기도 한다. 하지만 다시 그 쾌락의 끝을 명백하게 경험하고, 삶을 지속하기 위해 현실로 되돌아온다. 그러고는 각설탕을 빨아먹는 일과 먹지 않겠다는 결심 사이에서 흔들리는 일을 차분하게 기록한다. 어느 한쪽으로 힘이 쏠릴 때도 있지만 독특하게도 금지와 쾌락과 차분함이라는 세 꼭지점에 힘이 고르게 배분될수록 밀도가 높아지는 시, 여러 감정이 뒤섞인 중층의 내적 드라마로 언어적 역량을 팽팽하게 드높이는 시, 도약하지 않고 끈질기게 갈등하며 상충되는 힘을 모아놓는 시, 금지를 넘어서는 일이 아니라 금지를 세워두고 그것과 얽힌 채로 존재하는 삶을 보여주는 시를 쓴다.

임승유 시의 가장 큰 매력은 바로 이 대목에서 활짝 피어난다. 상식적 논리가 무력해지고 서로 다른 가치가 충돌하는 지점을 담담하게 담아내는 언어는 언제나 시적 언어에 가깝다. 도저히 절충할 수 없는 모순된 욕망에 시달리는 한 인간이 자신의 파멸을 막고 욕망을 유지하면서도 이를 제어하며 지상의 삶을 지속할 수 있도록 길을 터주는 것은 시의 일이 된다. 해결하지 못하는 자들이 시를 쓴다. 정리할 수 없는 자들이 시를 쓴다. 놓여나지 못하는 자들이 시를 쓴다. 그러나 시를 쓰면서, 혹은 쓰고 난 뒤 우리는 불행 가운데 존재하는 삶의 작은 기척 하나를 손에 쥐게 된다. 시의 힘은 거기에 있다. 죽음의 문턱 앞에서 마지막 구원의 일은 언제나 시가 떠맡게 된다. 그래서 우리는 임승유의 시를 읽는다.

모자 속에 뭐가 들어 있는지는 '나'만 아는 비밀이 되어, 가끔 '당신'이 알아챈다면 또 은밀한 공유가 가능해지는 일들이, 보일 듯 말 듯 우리 앞에 전시된다. 모자 속의 각설탕. 각설탕이 서로 부딪치는 소리. 불길하게 아름다운 모자가 여기 있다. 당신이라면 이 모자를 어찌하겠는가? 슬쩍, 쓴 줄도 몰랐던 모자가 바닥에 떨어진다. 우리는 곧 이 모자를 다시 써야 하겠지만 그렇다고 모자가 언제나 우리 머리 위에 있지는 않을 것이다. 바람이 분다. 무언가 일어나려고 하고 있다. 모자가 바닥에 떨어진 이 짧은 순간에도 "흘러내린 얼굴을 주워 담듯 계속해서 아이들이 태어난다"(「책상」).